Greta

Greta

Eine Erzählung von
Eveal von Dohlen

Bibliographische Information der Deutschen Nationalbibliothek: Die Deutsche Nationalbibliothek verzeichnet diese Publikation in der Deutschen Nationalbibliographie; detaillierte bibliographische Daten sind im Internet über dnb.dnb.de abrufbar.

Verlag: BoD · Books on Demand GmbH,
In de Tarpen 42, 22848 Norderstedt, bod@bod.de
Druck: Libri Plureos GmbH, Friedensallee 273,
22763 Hamburg
ISBN: 978-3-8391-8442-4

Für S.

Inhalt

II

Greta

Vorwort

Greta ist eine Erzählung, die wie Johanna in einer dystopischen Zukunft angesiedelt ist.

Das Setting ist relativ ähnlich, aber ein großer Unterschied ist ausschlaggebend: Die Population wurde durch einen nicht näher definierten Umstand in kürzester Zeit massiv diminuiert. Durch die dadurch entstandenen Wirren kam auch hier eine Klassen-Gesellschaft zustande, in der Sklaverei keine Besonderheit mehr darstellt und jeder Mensch der Oberschicht Sklaven besitzt.

Es gibt kleine Gruppen, die der Versklavung entkommen konnten. Diese verstecken sich in Wäldern oder an anderen vermeintlich sicheren Orten.

Wie diese Menschen leben und welche Qualen, Unsicherheiten und Ängste sie durchleben müssen, wie sich ihr Leben durch einen kleinen Moment grundlegend ändern kann, das versucht diese Erzählung auf wenigen Seiten sichtbar zu machen.

In der Hoffnung, dass auch diese dystopische Fantasie nie zur Realität wird, wünsche ich viel Erfolg bei der Lektüre!

Eveal von Dohlen
Rendsburg, August 2023

I.

In der Ferne sehen wir die Lichter der Stadt. Es ist kalt hier im Wald, aber das kleine Lagerfeuer hält uns ein bisschen warm. Greta und ich haben die Nachtwache. Eigentlich sollen wir so unauffällig wie möglich sein, aber ohne das Lagerfeuer und die davon ausgehende Wärme würden wir nichts sehen und frieren. Es sind knapp 6 Grad Celsius. Und unsere Kleidung ist nicht die wärmste. Nur das Nötigste, eine Hose über den Beinen und ein dicker Pullover am Oberkörper, leichte Socken und Stiefel. Ein Halstuch wäre schön, aber das habe ich im Lager vergessen. Wir sind bis 3 Uhr eingeteilt, bis dahin müssen wir durchhalten. Aber mit dem Lagerfeuer geht es. Wir haben beide ein Gewehr zur Verteidigung, und falls sie zu nah kommen auch noch große Messer und Speere. Man kann nie wissen, wer sich im Hinterhalt versteckt, während wir auf die auffällig-Kommenden mit den Gewehren schießen. Die Köder. Aber so ist das. Wir müssen auf alles vorbereitet sein. Und das Lagerfeuer muss schnell auszumachen sein. Deswegen ist es auch nur sehr klein. Grade so groß, dass es genug Wärme abgibt.

Wir wachen an der Nordstraße. Es gibt vier Straßen zu unserem Lager - wobei *Straße* beinahe zu viel gesagt ist. Es sind kleine Wege - Pfade -, die hoffentlich niemand findet. Auf den Landkarten sind sie nicht drauf, aber wahrscheinlich auf den Satellitenbildern. Und wahrscheinlich sind wir auch auf den

Satellitenbildern zu sehen, aber bisher sind sie noch nicht zu uns gekommen. Deswegen leben wir noch frei. Zwar im Wald und ohne alle Vorzüge, aber immerhin in Freiheit. Es gibt hier einen Bach und viele Früchte. Trotz der stark schwankenden Temperaturen wächst hier sehr viel. Und wir pflanzen Gemüse an und ernten es. Ein paar Hochbeete haben wir angelegt, da können wir ganzjährig anpflanzen. Und ein kleines Toilettenhäuschen gibt es, wir haben kleine Schlafhütten gebaut und auch Tische und Stühle, die wir in der Mitte des Lagers um eine größere Feuerstelle aufgebaut haben. Da wird immer das Essen zubereitet und dann mit allen gemeinsam gegessen. Die Wachen sind logischerweise nicht dabei, denn rund um die Uhr müssen alle vier Wege bewacht werden. Wenn sie kommen, dann muss sofort Alarm geschlagen werden. Unser Alarm ist lautlos, aber sehr effizient. Wir haben ein kleines bisschen Strom aus der Stadt abgezweigt - so wenig, dass sie es nicht merken - und haben ein kleines Netz aus Drähten und Glühbirnen zurechtgemacht, sodass wir einen Knopf drücken, wenn Gefahr besteht, und dann in jeder Hütte und am Essenstisch und an den vier Wachposten eine Lampe aufleuchtet. Die Signale haben verschiedene Farben, je nachdem, wo sie ausgelöst werden: Das Signal, was wir hier auslösen können, ist rot. Das Signal aus dem Süden ist blau, das aus dem Westen orange und das aus dem Osten ist grün.

Aber wir haben es noch nie gebraucht. Weder musste ich es auslösen noch habe ich es gesehen.

14

Bisher kam noch niemand, um uns zu holen. Bisher konnten wir uns gut verstecken.

„Garin hat heute Wache an der Weststraße", sagt Greta. Ihre Stimme klingt durch die Stille wie ein einzelner Vogel, der bei Sonnenaufgang anfängt zu singen. Mit diesem Satz erwachen wir beide aus unserer meditativen Stille.

„Enla an der Südstraße", entgegne ich. Wir sind nicht viele Leute, daher kennen wir uns alle. Fast alle leben zu zweit in einer Hütte, die wenigsten einzeln. Entweder sind wir Geschwister oder wir leben einfach zusammen. Enla und ich sind Geschwister, Greta und Garin leben einfach zusammen. Greta erzählt mir immer, dass sie und Garin versuchen, ein Kind zu bekommen, es aber irgendwie nie klappt.

„Diesmal könnte es geklappt haben", sagt sie, und ich weiß sofort, dass es um das Kind geht. Ich werde hellhörig.

„Wirklich?", frage ich freudig. Es würde mich unglaublich freuen, wenn die beiden endlich ihr Kind bekämen. Sie versuchen es tatsächlich schon Ewigkeiten. Ich schätze ein oder anderthalb Jahre.

„Ja! Ich sollte eigentlich seit drei Tagen meine Periode haben. Und du weißt, sonst kann man den Kalender nach meinem Zyklus stellen. Aber diesmal kam nichts. Ich hoffe sehr, dass es endlich funktioniert hat. Es wäre jetzt auch der perfekte Zeitpunkt für ein Kind. Die neuen Wachen sind gut eingearbeitet und ich würde im Dienst nicht so sehr fehlen wie noch vor drei Monaten."

„Ich drück die Daumen! Aber das klingt doch vielversprechend! Das wäre so schön für euch! Hoffentlich klappt das!", ich kann gar nicht mehr, als meine Glückwünsche auszusprechen, denn ich freue mich einfach so für die beiden. Seit meiner ersten Nachtwache habe ich immer mit Greta Dienst und wir kennen uns mittlerweile so gut und reden über alles, und jeder ihrer Wünsche wurde von Zeit zu Zeit auch mein Wunsch für sie. Deswegen fühlt es sich so an, als wäre jetzt auch einer meiner Wünsche in Erfüllung gegangen. Das sind einfach wunderbare Neuigkeiten!

Sie lächelt und freut sich über meine Reaktion.

„Danke, ich hoffe auch sehr, dass es klappt!"

Dann schweigen wir wieder und hören dem Wald beim Rauschen zu. Die Stadt liegt noch immer weit in der Ferne und die Lichter leuchten genau wie vorhin. Bis 3 Uhr müssen wir noch. Es ist jetzt ungefähr Mitternacht. Drei Stunden schaffen wir noch. Ich bin tatsächlich noch gar nicht müde, und wenn Greta sich kurz hinlegen möchte (das macht sie fast immer), dann kann ich gut für kurze Zeit allein aufpassen. Das machen wir wirklich oft so. Gegen halb zwei wird sie immer müde und schläft dann meist bis zwei Uhr und dann hat sie wieder Kraft und Energie für die letzte Stunde. Danach kann man im Normalfall auch die Uhr stellen, so wie den Kalender nach ihrem Zyklus. Keine Ahnung, wie sie das macht, aber ihr Körper ist immer sehr pünktlich und genau. Deswegen fragen immer alle, wenn sie die Zeit oder das Datum wissen wollen, Greta. Denn sie spürt es, fühlt es, hat es quasi im Blut.

Die Lichter der Stadt leuchten. Bunt. Weiß. Rot. Grün. Blau. Grau. Manchmal frage ich mich, wie es dort wohl aussieht. Wir sehen am Tag nur die hohen Stadtmauern und des Nachts nur die Lichter. Angestrahlt wie ein Gefängnis, damit niemand rausgeht, der nicht das Recht dazu hat. Seit der Zeit der vielen Tode gibt es nicht mehr viele Menschen. Die meisten leben in solchen Städten oder werden dort festgehalten. Eine Hand voll reicher und mächtiger Männer und Frauen haben die Regierung übernommen und haben ein Gesellschaftssystem eingeführt, in dem Sklaverei wieder völlig normal ist. Wenige Superreiche haben die Macht, einige leben arm und sind einfache Arbeiter, aber die meisten sind Sklaven der Superreichen. Regelmäßig unternehmen die Superreichen Expeditionen in die umliegenden Gebiete ihrer Städte, denn da leben oft kleine freie Menschengruppen, so wie wir. In der Nähe der Städte kann man ein bisschen Strom abzweigen und man könnte Essenslieferungen abfangen, wenn man müsste (und kein eigenes Essen anbauen würde). Aber da wir noch nie eine Lieferung abgefangen haben, wissen sie vielleicht doch nicht, dass wir hier sind. Das hoffen wir alle. Aber da wir schon viele Jahre hier sind und noch nie eine Expedition in unsere Richtung kam, sind wir eigentlich alle recht optimistisch, dass sie uns nicht so schnell entdecken werden.

Ein blaues Licht leuchtet auf. Es ist unsere Alarmanlage. Die Wachen aus dem Süden haben sie ausgelöst! Enla ist im Süden. Meine Schwester. Das gab es noch nie! Niemals zuvor hat jemand unsere Alarmanlage gebraucht! Mein Herz rast vor Aufregung. Könnte das eine Expedition aus der Stadt sein? Greta und ich machen sofort das Lagerfeuer aus, ohne auch nur drüber zu reden. Fast reflexartig löschen wir es, damit uns niemand sieht. Ich mache mir Sorgen um Enla. Kann sie sich gut verstecken? Ist ihr Versteck sicher? Bitte! Ich will sie nicht an die Sklaverei verlieren! Die Anzeige unserer Alarmanlage wechselt jetzt das Licht. Immer im Abstand von ein paar Sekunden wechselt das Licht von blau zu grün und wieder zurück. Im Osten wurde die Alarmanlage auch ausgelöst! Ich weiß gar nicht, wer dort heute Dienst hat, aber auch für die beiden hoffe ich, dass sie sich gut verstecken können! Aber aus zwei Richtungen gleichzeitig? Meine Sorge wird immer größer. Greta sieht man es auch an, dass sie innerlich sehr unruhig ist.

„Jetzt müssen wir noch mehr aufpassen", sage ich, „wenn jetzt noch jemand aus dem Norden kommt, müssen wir auf jeden Fall den Alarm auslösen. Ich schau zur Stadt, du schaust, ob jemand von uns herkommt. Wir müssen so lange standhalten wie möglich! Greta! Hörst du?"

Sie schaut mich nicht an, sie schaut nur zur Lichteranzeige. Und dann merke ich auch, wieso: das orange Licht ist auch dazugekommen. Das ändert alles. Garin muss es ausgelöst haben. Er hat Wache im Westen. Sie denkt an ihn wie ich an Enla. Ich gehe zu ihr und nehme ihr beiden Hände.

„Hey", flüstere ich, „wir müssen aufpassen, dass niemand aus dem Norden kommt. Damit die anderen einen sicheren Fluchtweg haben."

Wenn drei Lichter ausgelöst sind, dann fliehen wir. Das ist beschlossene Sache. Dann lassen wir alles zurück und fliehen über die freie Richtung. Zu blöd, dass es der Norden ist, wo niemand kommt. Dann kommen wir am nächsten an der Stadt vorbei. Aber wir haben keine andere Wahl. Wenn es drei Expeditionen aus drei verschiedenen Richtungen sind, dann ist das Risiko zu hoch, dass sie uns finden. Und deshalb müssen Greta und ich jetzt die Nordstraße sichern - und falls von hier auch noch eine Expedition kommt, rechtzeitig den Alarm auslösen, damit die anderen es noch sehen. Sonst laufen sie direkt in die Expedition hinein. Also halten wir Ausschau.

Greta schaut - wie ich gesagt habe - nach hinten in die Richtung, aus der die anderen kommen werden. Und ich schaue nach Norden in Richtung Stadt. In Richtung Gefahr. Aber die Gefahr kommt momentan aus allen Richtungen. Also egal wo man hinschaut, jede Richtung ist im Moment die falsche.

Nichts passiert. Mein Herz rast, ich denke nur an Enla und die anderen, aber hier passiert nichts. Einfach nur nichts. Der Wind geht durch die Bäume, das ist alles. Niemand kommt. Weder eine Expedition aus dem Norden noch jemand von uns. Warum brauchen die so lange? Sie müssen sich beeilen!

„Was denkst du, passiert grade?", fragt Greta in die ohrenbetäubende Stille hinein. „Ich weiß es nicht", antworte ich leise. Mein Kopf ist leer, ich kann nicht denken. Mein Gehirn hat nur auf Panik umgeschaltet, ich kann an nichts Anderes denken als an die Expeditionen und meine Schwester.

„Sie kommen hoffentlich in unsere Richtung", sagt Greta wieder. Aber es dauert schon so lange. Sie müssen gleich kommen. Ich gehe zu Greta. Die Nordstraße wird mir egal, ich muss zu Greta. Ich hocke mich neben sie. „Sie kommen gleich", sage ich ihr, doch ich glaube mir mittlerweile selbst nicht mehr. Es dauert schon viel zu lange. Sie hätten schon längst hier sein müssen! Warum kommen sie denn nicht?!

Plötzlich hören wir leises Geschrei. Sie haben sie. Wir sind verloren. Sie haben sie. Sie haben sie. Sie haben uns. Ich kann die einzelnen Schreie den Menschen zuordnen. Den Menschen, mit denen ich die letzten Jahre gelebt habe. Den Menschen, die zu mir gehören. Ich höre sie schreien. Und Greta auch. Ihr Blick ist starr und glasig. Sie starrt in Richtung der Schreie. Garin und Enla sind nicht dabei. Vielleicht haben sie sie nicht? Vielleicht haben sie die Wachposten nicht gefunden, sondern nur unser Lager? Vielleicht sind Garin und Enla noch in Freiheit?

Nein! Ich höre Enla. Sie schreit. Meinen Namen. Meinen Namen und „Lauf!". Ich bin völlig bewegungsunfähig. Ich kann nicht denken. Meine Schwester schreit dort im Lager. Sie schreit meinen Namen. Meinen! Namen! Ich springe auf und will in ihre

Richtung laufen. Sie retten, sie beschützen. Die Fremden vertreiben. Die Fremden töten. Enla retten. Töten, retten.

Doch Greta hält mich auf. „Stopp!", sagt sie bestimmt, „sie werden dich auch fangen und versklaven, wenn du da jetzt allein hinläufst! Die Chancen stehen besser, wenn wir uns hier verstecken und sie von hier angreifen, wenn sie Richtung Stadt gehen! Hörst du?! Vorhin habe ich auf dich gehört, jetzt hör du auf mich! Dann sind unsere Chancen größer, sie zu retten!"

Ich schaue Greta in die Augen. Sie glaubt das wirklich, was sie sagt. Ich schüttele mit dem Kopf und reiße mich von ihr los. „Ich muss Enla retten!", rufe ich im Laufen. Mein Gehirn weiß nur noch eins: Töten, retten. Über mehr denke ich nicht nach. „Nein! Sie werden dich fangen! Bleib hier!", ruft Greta mir noch hinterher, aber ich ignoriere es. Ich renne mit Speer und Gewehr in die Richtung unseres Lagers. Fremde töten, Enla retten.

Ich sehe sie, es sind bestimmt zwanzig. Zwanzig Fremde. Sie haben die anderen in der Mitte unseres Lagers zusammengepfercht und stehen um sie herum. Mit Maschinengewehren und Uniformen. Zwanzig. Alle sind da. Enla, Garin, alle anderen. Nur Greta und ich nicht. Ein paar der Fremden brennen alle unsere Hütten und unser ganzes Lager ab. Ein paar von uns schreien noch, dass sie damit aufhören sollen, aber die meisten haben ihr Schicksal schon

akzeptiert und schweigen nur noch und starren auf
den Boden.

Plötzlich ist Greta neben mir. Sie ist mir hinterher-
gelaufen. Ich wusste, ich kann mich auf sie verlassen.

„Du hattest recht", sage ich, „es sind zu viele, wir
müssen sie aus dem Hinterhalt angreifen. Wie du gesagt hast. Lass uns wieder zum Wachposten gehen.
Das ist eine gute Stelle!"

Ich flüstere, damit uns niemand hört. Wir schlei-
chen uns auf dem gleichen Weg zurück, den wir gekommen sind.

Kaum sind wir wieder auf dem Posten, hören wir
auch schon, wie sich die Fremden mit unseren Leuten
auf den Weg machen. Sie nehmen die Nordstraße,
über der unser Wachposten liegt. Wir werden sie alle
aus dem Hinterhalt erschießen. Hoffentlich können
wir unsere Gewehre schnell genug nachladen. Wir er-
kennen ihre Stimmen. Sie sprechen die Stadtsprache.
Ich kann sie verstehen, Greta nicht. Bei uns können
nicht viele die Stadtsprache. Nur Enla, unsere Älteste
und ich. Die Älteste hat sie uns beiden beigebracht,
damit immer jemand die Sprache verstehen kann. Die
Älteste wird nämlich langsam sehr alt und denkt,
dass sie bald sterben wird. Und da wollte sie ihr Wissen weitergeben. Und sie hat Enla und mich ausge-
wählt, die Stadtsprache zu lernen.

Die Stimmen werden immer lauter. Mein Herz rast
immer schneller. Wir müssen sie befreien. Wir schaffen das.

II.

Sie haben uns in die Stadt gebracht. Wir sind in Käfige eingesperrt, der Wind weht um unsere Füße. Im Käfig neben mir kauert Greta. Sie haben unsere Käfige gestapelt und auf dem Marktplatz zur Schau gestellt. Morgen werden wir als Sklaven verkauft. Meine Schwester ist in einem Käfig weiter über mir, ich kann sie nicht sehen. Wir haben, als wir hier aufgestellt wurden, kurz gerufen, ob alle da sind und wer wo ist. Aber danach sind wir verstummt. Wir alle wissen, dass wir an verschiedene Besitzer verkauft werden. Wahrscheinlich werden wir uns nie wiedersehen. Meine Schwester, Enla, Greta, die Ältesten – alle werden verkauft. Und wahrscheinlich werden viele von uns in einem Jahr nicht mal mehr am Leben sein. Die Stadtbewohner behandeln ihre Sklaven wie Ungeziefer. Wenn sie nicht das machen, was sie erwarten, werden sie aus dem Haus gejagt und müssen verhungern. Sie werden als ausgestoßene Sklaven gezeichnet und niemand nimmt sie auf.

Als die Sonne am nächsten Tag aufgeht, beginnt die Auktion. Sie beginnen mit den älteren und holen sie aus den Käfigen, stellen sie nebeneinander auf eine Tribüne und hören Gebote. Eins, zwei, drei: Alle verkauft. Sie werfen uns noch letzte Blicke zu und verabschieden sich stumm. So geht es weiter. Aus dem Käfig, dann auf die Tribüne. Verkaufen, Geld einsammeln, letzte Blicke, weg. Weg für immer. Ich werde sie nie wiedersehen. Meine Schwester wird an einen mittelalten Mann verkauft. Wir sehen uns wirklich lange in die Augen, sie wirkt traurig, aber trotzdem gefasst. Sie wird es schaffen. Zumindest ein paar Jahre. Ich habe von keinem Sklaven gehört, der länger als ein paar Jahre bei einem Besitzer war. Entweder ausgestoßen oder weiterverkauft. Garin wird ebenfalls schnell verkauft, er hat sichtbare Stärken, deshalb kauft ihn ein Baubetrieb. Sein letzter Blick gilt Greta. Um sie entbrennt fast ein Streit. Drei Bieter wollen sie kaufen. Irgendwann ist der Preis so hoch, dass zwei aussteigen. Und dann ist sie weg. Sie schaut mich an, ich schaue zurück, dann ist sie weg. Ich werde an eine Frau verkauft, und als ich meinen letzten Blick werfen will, sehe ich nur leere Käfige. Alle Menschen, mit denen ich mein ganzes Leben verbracht habe, sind weg. Verkauft. In alle Winde verstreut. Und ich werde sie nie wiedersehen. Nur leere Käfige.

Ich diene als Hausdiener. Mit Krawatte und Anzug und gebürsteten Haaren. Ich muss Essen servieren, abräumen, Wein einschenken. Es hätte schlimmer sein können. Viel schlimmer. Ich bin eigentlich sehr froh, dass ich es so gut erwischt habe. Tage werden Wochen und Wochen werden Monate und ich denke immer weniger an alle anderen. An Enla, Greta und Garin denke ich auch nach Jahren noch, aber nicht mehr oft. Es macht mich traurig. Es macht mich wütend. Wie diese Reichen die Welt versklaven. Auch, wenn meine Arbeiten nicht schlimm sind, bin ich trotzdem Sklave. Garin musste sicherlich bei Wind und Wetter auf Baustellen arbeiten und ich will mir nicht ausmalen, was sie mit meiner Schwester gemacht haben. Ohne Grund. Einfach, weil sie es konnten. Einfach, weil sie reiche Monster sind.

Und nach zwölf Jahren stirbt meine Besitzerin. Mein reiches Monster. Und ich lande wieder auf dem Sklavenmarkt. Ich habe Hoffnung, jemanden von den anderen wiederzusehen, aber wie unwahrscheinlich wäre das denn? Zufällig am gleichen Tag weiterverkauft? Und natürlich war es nicht so. Niemand war dort. Ich bin mir auch gar nicht sicher, ob ich sie alle wiedererkennen würde. Zwölf Jahre sind eine lange Zeit. Die älteren leben mit Sicherheit nicht mehr. Ich gehe in meinem Kopf durch, wer noch leben könnte – und es sind nicht viele. Wir waren keine sehr junge Gemeinschaft. Vielleicht acht? Acht könnten noch leben. Ich will nicht daran denken.

Ich lande auf einer Farm am Stadtrand. Die einzige Farm, die es in der Stadt gibt. Alle andere Nahrung wird künstlich hergestellt oder anderweitig eingekauft. Die Stadtbewohner können sich das ja leisten. Es ist ein grober alter Mann, dem die Farm gehört. Er hat viele Sklaven, die auf seinen Feldern arbeiten, er hat viele Sklaven, die seinen Haushalt machen, er hat viele Sklavinnen, die er vergewaltigt.

Er schreit uns immer an. Wenn wir aufs Feld sollen, wenn wir etwas nicht richtig machen, wenn wir etwas schneller machen sollen.

Die ersten Tage sind hart, weil ich nicht an die Farmarbeit gewöhnt bin. Aber mit der Zeit wird es besser. Mit der Zeit werden es weniger Blasen an Händen und Füßen, mit der Zeit wird es weniger Muskelkater. Das Einzige, was wirklich bleibt, sind Hunger und Gedanken. Er gibt uns nicht viel zu essen und wahrscheinlich werden wir alle nach und nach verhungern oder auf dem Feld wegen Mangelernährung zusammenbrechen. Ich denke wieder öfter an Greta und Enla. Denn manchmal höre ich, wie er seine Sklavinnen vergewaltigt, und ich hoffe, dass die beiden keine Sexsklavinnen wurden. Ich will es mir nicht ausmalen. Ich wage es auch nicht, darüber nachzudenken, wie die beiden ausgesehen haben. Denn dann wäre meine Hoffnung umsonst. Stadtbewohner sind oberflächlich. Sexsklavinnen müssen schöne Körper haben. Ich wage es nicht, daran zu denken, wie die beiden ausgesehen haben.

Es gibt Tage, an denen es mir besser geht als an anderen. Aber es werden weniger. Ich habe weniger Kraft in den Knochen und meine Gedanken werden auch immer düsterer. Ich erwische mich auch ab und zu dabei, wie ich darüber nachdenke, absichtlich nichts mehr zu essen, um früher zu sterben. Dann muss ich das alles hier nicht mehr erleben. Morgens bis abends arbeiten, schlafen, nur Kleinigkeiten zum Essen. Das will ich alles nicht mehr erleben müssen. Ich will nicht mehr.

Eines Tages muss ich Rohre im Sklavinnenhaus reparieren. Das musste ich noch nie, das ist eine Abwechslung. Es ist auch gar nicht so kompliziert, wie ich befürchtet hatte. Als ich fertig und auf dem Weg nach draußen bin, spricht mich eine der Sklavinnen an. Ich reagiere erst nicht, weil ich nicht bemerke, dass sie mit mir spricht. Denn sie benutzte meinen Namen. Ich wurde seit meiner Zeit im Wald – also vor der Sklaverei! – nicht mit meinem Namen angesprochen. Doch als sie mich erneut anspricht, erstarre ich und bleibe stehen. Wer spricht mich an? Ich erkenne die Stimme erst gar nicht, und mich umzudrehen wage ich auch nicht. Vielleicht bilde ich mir das nur ein und da ist niemand hinter mir?

Doch dann tue ich es zögerlich und sehe in ein vertrautes Gesicht. Es ist anders als damals, hat sich verändert. Es ist über zwölf Jahre her, aber trotzdem erkenne ich sie.

„Bist du es wirklich?", fragt sie. Und ich nicke.

„Ja", bringe ich heraus, und kein Wort mehr, denn irgendwie ist mein Kopf leer. Alle meine Gedanken sind wie weggeblasen und ich kann an nichts mehr denken, außer daran, dass nach zwölf Jahren jemand aus dem Wald vor mir steht. Es ist Greta. Sie sieht schrecklich aus. Ich will nicht wissen, was sie ihr alles angetan haben. Wir stehen beide nur da und können uns nicht bewegen. Bestimmt hätte keiner von uns gedacht, jemals wieder jemand Bekanntes zu sehen. Und dann sind es ausgerechnet wir. Wir, die jede Nacht gemeinsam Nachtwache hatten. Nachtwache an der Nordstraße.

„Wie…?", fängt sie an, doch hört gleich wieder auf. Ich weiß nach all den Jahren immer noch genau, was sie fragen will. Ich schüttele nur den Kopf.

Wie geht es mir? Ich kann nicht mehr. Wie bin ich hierhergekommen? Zufall.

Wie geht es ihr? Sie kann nicht mehr. Wie ist sie hierhergekommen? Zufall.

„Hast du wen anderes wiedergesehen?", frage ich. Sie schüttelt nur den Kopf. Ihr Blick fragt: Und du?

Ich schüttele auch nur den Kopf. Sie ist die erste.

Plötzlich knallt die Tür auf und einige Sklavinnen kommen hereingerannt. Sie sind nur halb bekleidet, wahrscheinlich waren sie grad bei ihm. Sie rennen zu Greta und sagen ihr etwas auf einer Sprache, die ich nicht verstehe. Es ist nicht unsere Sprache und auch nicht die Stadtsprache. Ein Erstaunen geht über ihr Gesicht und ihre Augen glänzen sogar ein bisschen. Sie erwidert schnell etwas, sie ist kurz angebunden und schaut sich immer wieder um, als wäre es etwas Geheimes, das niemand mitbekommen soll. Die anderen Sklavinnen rennen weiter, aber Greta bleibt mir gegenüber stehen. Ich schaue sie nur fragend an. Sie sieht aus, als würde sie überlegen, ob sie mir nach all den Jahren noch vertrauen kann. Was ist passiert, dass so geheim ist, dass sie überlegen muss, ob sie es mir anvertrauen kann?

„Er ist beim Vergewaltigen gestorben. Hat sich mittendrin ans Herz gefasst, sein Gesicht schmerzvoll verzogen und ist umgekippt", sagt sie und ich höre ihre Abscheu für ihn in jedem Wort, das sie sagt.

„Wir hauen ab", fügt sie hinzu. Und dann überlegt sie wieder kurz, ob sie weiterreden soll.

„Kommst du mit?", fragt sie.

28

„Wie?", ist das Einzige, was ich rausbringe. Er ist tot? Abhauen? Wie wollen sie das schaffen?

III.

Sie erzählt mir ihren Plan auf dem Weg. Sie ist die
älteste von ihnen allen, deswegen hat sie beim Aus-
bruch das Kommando. Sie ist Anfang dreißig, die anderen höchstens zwanzig. Es sind nicht viele – zu
viele würden auffallen. Sie können nicht alle retten.
Mit mir sind wir neun. Bevor sie mich den anderen
vorstellt, dreht sie sich noch einmal zu mir und sagt:
„Es gibt eine Bedingung, sonst lassen wir dich hier:
Du berührst keine von uns, nicht am Arm, nicht an
der Hand, nicht irgendwo anders, außer sie sagt es
ausdrücklich. Wir berühren uns auch nicht. Jede Berührung erinnert uns an ihn oder den davor oder den
davor oder den davor. Verstanden?“

„Selbstverständlich!“, antworte ich. Ich kann mir
nicht im Ansatz vorstellen, wie es für sie gewesen sein
muss. Und immer noch sein muss.

Und dann machen wir uns auf den Weg. Lassen die
Farm hinter uns, lassen alle anderen hinter uns, die
vielleicht noch gar nichts von dem Tod wissen. Es ist
Nacht geworden und wir werden durch die Dunkel-
heit geschützt. Und ihr Plan geht auf. Wir kommen
am Rand der Farm durch die Stadtmauer, die hier
nicht bewacht ist. Und wir rennen. Wir nehmen unsere letzte Kraft zusammen und rennen. Weg von der
Stadt, weg von Sklaverei. Lassen das alles hinter uns.
Und dann sind wir wieder im Wald. Aber er kommt
mir nicht bekannt vor. Es muss ein anderer sein. Wir
rennen weiter und weiter und als wir am Rand einer

Lichtung ankommen, bleiben wir stehen und fallen alle ins Gras. Wir sind fertig, können nicht mehr, haben alle Kräfte ins Rennen gesteckt. Und ohne ein Wort zu sagen, schlafen wir alle ein und schlafen die ganze Nacht durch.

Am nächsten Morgen fällt mir auf, wie unverantwortlich das eigentlich war. Keine Nachtwache? Als ich das mit Greta bespreche, stimmt sie mir zu. Ab heute werden wir Nachtwachen einsetzen.

Wir machen uns auf den Weg. Wir können nicht hierbleiben. Wir sind zu nah an der Stadt. Also gehen wir den ganzen Tag in Richtung weg-von-der-Stadt. Und als wir am Abend in einem bergigen Gebiet angekommen sind und in der Felswand kleine, unbewohnte Höhlen finden, beschließen wir, die nächste Zeit erstmal hier zu bleiben. In den nächsten Tagen wollen wir die Umgebung auskundschaften, ob wir hier wirklich sicher sind. Auf dem Weg haben wir Essen gesammelt, vor allem Beeren und anderes Obst. Wir setzen uns in einen Kreis und essen zu Abend. Ich habe die anderen schon etwas besser kennengelernt, wir haben uns auf dem Weg unterhalten. Sie sind alle sehr nett. Eine erinnert mich an Enla. Enla. Ich habe sie in der Stadt zurückgelassen. Ich bin mit Greta geflohen, als ich die Chance hatte, ohne überhaupt an meine Schwester zu denken. Ich mache mir Vorwürfe deswegen. Was, wenn ich sie beim nächsten Besitzer getroffen hätte? Dass ich wahrscheinlich nicht mehr lange gelebt hätte, weil ich verhungert wäre, lasse ich außer Acht.

Greta sieht mir an, dass etwas nicht stimmt und fragt, was ist. Es tut gut, nach so langer Zeit wieder jemandem wichtig zu sein. Wieder sichtbar für jemanden zu sein.

„Enla. Ich denke an meine Schwester. Was, wenn wir uns noch getroffen hätten? Was, wenn wir beim nächsten Besitzer gemeinsam gewesen wäre?", frage ich. Ich sehe ihr in die Augen. Und ihr Gesicht wird ganz traurig. Wir sagen kurz gar nichts. Dann steht sie auf und sagt zu den anderen, dass wir die erste Nachtwache übernehmen. Sie sollen nicht mehr zu lange sitzen, sondern bald schlafen gehen. Sie sieht mich erwartungsvoll an und dann gehe ich mit ihr mit. Als wir einigen Abstand zu den anderen haben, beginnen wir, in unserer Sprache zu reden. Wir sind neun Menschen und sprechen fünf Sprachen. Die Verständigung wird schwierig, aber das sollten wir schaffen. Mit der Zeit wird man die anderen Sprachen verstehen. Aber jetzt reden wir in unserer. In der Sprache unseres Waldes, des Dorfes, in der Sprache unserer Vergangenheit.

„Ich war nicht ehrlich zu dir", fängt Greta an. Schon nach diesem Satz breitet sich in mir ein Unbehagen aus. Worum geht es? Mein Herz schlägt schneller.

Wir setzen uns hin und machen ein kleines Lagerfeuer. Ich wundere mich, dass es nach über zwölf Jahren noch funktioniert. Wir sitzen wie damals am Lagerfeuer und reden. Nach über zwölf Jahren sitzen wir wieder am Lagerfeuer und reden.

„Ich habe zwischendurch jemanden gesehen. Aus dem Wald. Kurz. Es war, nachdem ich zum zweiten Mal auf dem Sklavenmarkt war. Wir mussten zu Fuß zum neuen Besitzer laufen, deswegen konnte ich alle sehen, die am Straßenrand saßen. Alle Ausgestoßenen, die zum Sterben… Du weißt, was mit Ausgestoßenen passiert." Sie macht eine Pause und sieht den Flammen beim Tanzen zu. „Ich war mir erst nicht sicher, weil es fünf Jahre her war, dass ich euch alle gesehen hatte, aber als ich direkt neben ihr langlief, wusste ich, dass sie es war. Sie war vollkommen verdreckt und hatte das Zeichen, das die Ausgestoßenen bekommen, überall auf dem Körper. Auf den Armen, Beinen, am Bauch. Sogar auf der Stirn. Sie hat zu mir hochgeschaut und mich erkannt, und da war ich mir absolut sicher. Sie hat traurig gelächelt und ich war mir in dem Moment nicht sicher, ob ich nicht lieber bei ihr sitzen würde. Dann wäre mir all das Leid erspart geblieben. Aber dann säßen wir jetzt auch nicht hier."

Sie macht eine kleine Pause, doch sieht mich nicht an.

„Jedenfalls saß sie am Straßenrand und sah mir bis zum Schluss in die Augen. Solange, bis sie zusammengebrochen ist. Ich weiß nicht, ob sie mich wirklich wahrgenommen hat oder ob sie dachte, dass ich nur eine Halluzination bin. Aber auf jeden Fall ist sie nicht allein gewesen. Nicht allein in ihren letzten Momenten."

Ich schweige. Ich weiß genau, von wem sie redet. Aber trotzdem brauche ich die Bestätigung: „Warum erzählst du mir das?"

Ich habe Tränen in den Augen. Weil ich es eben genau weiß.

„Du brauchst dir um deine Schwester keine Sorgen mehr zu machen. Sie war es, die ich gesehen habe. Enla ist vor sieben Jahren gestorben."

Sie sagt es sehr leise und ich fange an zu weinen. Enla ist vor sieben Jahren gestorben. Da habe ich meiner ersten Besitzerin gerade Essen serviert. Und meine Schwester saß auf der Straße und ist verhungert. Ich weine und höre gar nicht mehr auf.

Die Trauer überwältigt mich und ich spüre Hass auf die Reichen, auf das System, auf die Menschen. Warum hat Enla das erleben müssen? Warum? Was hat sie getan, dass sie so sterben musste? Was war schlimm genug, um einen Menschen auf die Straße zu setzen und verhungern zu lassen? Warum?

Warum?

Greta steht auf und kommt zu mir. Sie nimmt mich in den Arm. Es muss sie so viel Überwindung kosten. Sie meinte ja, dass sich hier niemand berührt. Niemand, weil sie jede Berührung an die Männer erinnert. Sie umarmt mich auch nicht lange. Aber zumindest so lange, dass ich weiß, dass sie für mich da ist.

Und sie weint auch.

„Danke. Danke, dass du es mir erzählt hast", hauche ich.